메모리 레인

MEMORY LANE

메모리 레인

파트릭 모디아노 글
피에르 르-탕 그림
김현희 옮김

이숲에올빼미

파리, 1979년 5월 18일.

나는 어떤 신비로운 힘으로 '소그룹'이 만들어지는지 궁금하다. 소그룹은 때로 흩어지기도 하지만 몇 년 동안이나 유지되기도 한다. 소그룹은 멤버들의 성격이 서로 달라서 만날 일이 없을 사람들을 자정에서 새벽까지 한데 모아놓는 경찰의 일제 단속이 떠오르게 한다.

사실 나는 스무 살의 내가 지켜볼 여유가 있었던 소그룹에 속해 있지는 않았다. 그래도 그 그룹과 가까이 지냈고 그것만으로도 충분히 그들에 대한 기억이 선명하게 남았다. 나를 그 그룹에 소개한 사람은 조르주 벨륀이었다. 그 시절 나는 음악 서적 전문 출판사에서 일하고 있었고 -보잘것없는 일이었다- 벨륀은 바로 옆 사무실을 쓰고 있었다. 내 짐작에 그는 공연기획자인 것 것 같았는데, 아직 이름이 알려지지 않은 가수들이 외국 공연을 하고 싶을 때 그의 재능을 활용하는 듯했다.

그러나 벽을 가운데 두고 내 사무실과 맞붙어 있는 그의 사무실 전화벨이 울리는 일은 거의 없었다. 우리는 엘리베이터나 복도에서 종종 마주치다가 결국 친구가 됐다. 오후가 되면 그는 내 사무실 문을 두드리고 묻곤 했다.

"산책하러 갈까?"

우리는 사무실에서 내려와 베리가를 따라 샹젤리제까지 갔다가 같은 길로 되돌아오곤 했다. 그 길을 연이어 여러 차례 걸었다. 벨륀은 말이 없었고 나는 생각에 잠긴 그를 방해할 수 없었다.

하루는 그가 점심을 먹자며 나를 생고타르 레스토랑에 초대했다. 생고타르는 몽마르트르 포부르그 거리에 있었다. 손님은 대부분 혼자 식사하러 온 검소한 차림의 남자들이었다. 벨륀은 30여 년 전부터 이 레스토랑을 알고 있다고 했다. 그는 레스토랑 건물 옆에 있는 뮤직홀 주인 오스카 뒤프렌과 함께 생고타르에 처음 왔는데, 뒤프렌은 바로 그다음 달에 살해당했다고 했다. 살인 사건이 일어났을 때 뮤직홀 여자 무용수들이 마지막 장면을 연기하러 무리를 지어 무대로 모이는 사이에 한 선원이 뒤프렌의 사무실을 빠져나와 인파 속으로 사라졌다. 벨륀은 희미한 불빛 속에서 은밀히 달아나던 선원의 모습을 떠올리며 생각에 잠겼다. 경찰은 뮤직홀의 아코디언 연주자를 심문했으나 아무런 성과도 얻지 못했다.

점심 식사 후 벨륀은 내게 구두 가게에 함께 가자고 했다. 가게 주인 이름은 베르제였다. 벨륀은 그의 친구 폴 콩투르가 주문한 단화 두 켤레를 찾아다 달라고 부탁했다고 했다. 하지만 구두 가게 앞에 도착했을 때 폐업했음을 알게 됐다. 진열장에는 먼지가 쌓여 있었고 덩굴 식물이 빈 진열대를 뒤덮고 있었다. 계속해서 자라는 식물과 함께 콩투르의 단화 두 켤레도 어느 구석에선가 낡아가고 있을 그 가게를 바라보며 벨륀은 희미하게 웃었다.

"폴답군." 벨륀이 말했다.

우리가 함께 퇴근한 어느 날 저녁, 벨륀은 내게 콩투르의 집에 같이 가자고 했다. 구두 상점의 진열대가 환영처럼 머릿속을 계속해서 맴돌아 무척 궁금했던 나는 그의 제안을 받아들였다.

몰의 단골 구두 가게 주인은 분명히 영광의 순간을 누긴 적도 있었겠지만
구두 가게 건물의 금 간 전면은 카날 그란데의 쓸쓸한 궁전을 떠올리게 했다.

폴 콩투르와 마디 콩투르는 폴 두메르 대로에 살았다. 그날 밤에는 그 집에 '소그룹' 멤버들이 없었기에 나는 콩투르 부부를 '독대'했다. 그들은 공기 역학적 디자인과 강렬한 색채로 나를 놀라게 했던 과감한 디자인의 현대 가구가 놓인 거실에서 우리를 맞았다. 나는 그 아파트 실내장식을 '소그룹'의 한 멤버가 맡았다는 사실을 알게 됐다. 그는 원목에 일가견이 있는 파리의 고가구상이었다. 그의 이름, 클로드 델발은 내가 나중에 만난 그들의 다른 지인들 이름과 함께 콩투르 부부와 벨륀의 대화에 자주 올랐다.

그 자리에는 얼굴이 불그스레하고 흰머리가 이마를 덮은, 내가 이름만 알게 된 미국인도 있었다. 더글러스였다. 그들은 그를 '더그'라고 불렀다. 그는 콩투르 부부의 비서나 집사 역할을 하는 것 같았다. 마디 콩투르는 마흔 살쯤 돼 보였다. 금발에 키가 컸고, 구릿빛 얼굴에 맑은 눈동자, 활기찬 걸음걸이와 젊어 보이는 얼굴 때문인지 미국인처럼 보이기도 했다. 그녀보다 열 살쯤

많은 폴 콩투르는 키가 컸고 머리는 진갈색이었다. 희끗희끗해지는 구레나룻과 콧수염도 기르고 있었다. 체구가 건장했지만 동작이나 걸음걸이가 유연했으며 품이 큰 옷과 앞섶을 풀어헤친 셔츠가 그런 유연함을 돋보이게 했다. 그 첫날 저녁에 나는 그들 아파트의 안락함에 빠졌다. 모두가 안락의자에서 꼼짝도 하지 않았고, 미국인 더그만이 음료를 따라주거나 전화를 받으러 가끔 움직였지만, 아무도 그의 발소리를 듣지 못했다. 그가 천으로 만든 신발을 신고 있었기 때문이다. 전화기가 울릴 때마다 콩투르는 그에게 전화한 사람이 누구냐고 물었고, 더그가 고개를 끄덕이며 손에 들고 있던 수화기를 던지면 콩투르는 그것을 공중에서 낚아챘다. 콩투르는 수화기를 뺨과 어깨 사이에 끼고 속삭였다. 그가 통화를 끝내고 수화기를 던지면 미국인은 엄지와 검지로 잡아 작은 원탁에 올려놓았다. 벽 구석에 놓인 반투명 전등에서 빛이 흐르고 있었다. 마디 콩투르가 나를 보며 빙긋이 웃었다. 폴 콩투르는 쉬지 않고 말을 계속했다. 솔직히 말해서 나는 그때 그가 했던 말을 기억하지 못한다. 부드럽고 낮은, 속삭임 같던 그의 목소리 음색에 더 관심을 기울였기 때문이다.

돌아오는 길에 20여 년 전부터 콩투르 부부와 어울린 조르주 벨륀은 그들에 관해 몇 가지 사실을 알려줬다. 폴 콩투르는 서민 집안에서 태어난 지방 출신이었다. 콩투르 자신이 집시의 피가 흐른다고 우기기도 했고 그의 검은 눈과 거무스레한 얼굴색을

14

보면 사부아 사람 같기도 했지만 콩투르는 안시 출신이었다. 그는 변호사로 화려한 경력을 쌓았고, 변론술 대회 임원 중 최연소 의장이었다. 그러나 전쟁이 갑자기 그의 날개를 꺾었다. 그 이후 그는 말 거래 사업에 과감하게 뛰어들었고 마디와 결혼도 했다. 마디는 유명한 의상실 소속 모델이었다. 이후 사람들은 폴 콩투르가 어떤 사업을 하는지 잘 알지 못했다. 어떤 때는 궁지에 몰려 그룹 친구들에게 '사업 수완이 약해졌다'고 털어놓았고, 또 어떤 때는 '사업 정상화'를 자축한다며 부지발 근교에 소그룹 멤버를 모두 초대하기도 했다.

나는 콩투르가 '탕드'와 '라브리그' 사업에서 얻은 수익 덕분에 장기간 생계를 유지할 수 있었다는 사실도 알게 됐다. 폴 콩투르와 벨륀은 이 사업의 묘한 구조를 내게 설명해주려고 애썼고, 나는 미간을 찌푸린 채 그들의 이야기를 들었다. 이탈리아 정부의 위임을 받았다는 중개인들과 프랑스 정부의 위임을 받았다는 중개인들이 이탈리아와 프랑스 국경에 있는 두 마을, 탕드와 라브리그의 매매를 중개하겠다고 나섰고, 콩투르는 이 과정에서 수고의 대가로 막대한 중개료를 받았다고 했다. 그러나 나는 중개료를 누구에게서 받았다는 것인지 전혀 이해하지 못했고, 탕드와 라브리그를 누구에게 팔려고 했는지, 또 누가 팔았는지도 이해하지 못했다.

첫날 저녁 폴 두메르 대로에서 봤던 붉은 얼굴의 미국인 더그는 또 어땠던가? 콩투르 부부는 보병 전차부대 장교였던 그를 전쟁이 끝나던 무렵에 알게 됐다. 그 후 더그는 파리에 정착했다. 그는 콩투르 부부를 그림자처럼 따라다니며 내가 짐작했듯이 정성을 다해 비서 겸 운전기사로 일했다. 콩투르 부부와 더그는 사이가 좋았다. 전쟁이 끝난 뒤 더그는 프랑스에서 마디 콩투르와 같은 일을 하고 있었다. 그는 남성복 분야 일류 모델이었지만, 너무 많이 마신 달콤한 술이 그의 수려한 외모를 앗아갔고, 그의 얼굴빛도 불그스레해졌다. 폴 두메르 대로에 있는 마디의 방에는 가죽 액자가 시선을 끄는 사진이 걸려 있었고, 거기에는 젊은 날의 더그가 체크무늬 양복을 입고 포즈를 취하고 있었다.

모델 마디는 마음 깊숙한 곳에서 소녀르의 순진한 아가씨로 남아 있었다.

몇 주 후 벨륀이 나를 모임에 다시 데려갔을 때 그룹 멤버 전원이 모여 있었다. 장소는 프리에드랑드 대로에 있는 음울한 분위기가 감도는 바였다.

폴과 마디는 식전주를 마시며 서른 살쯤 돼 보이는 두 남자를 내게 소개했다. 크리스티앙 윈그랭과 부르동이라고 했다. 그리고 윈그랭의 친구라는, 수줍음을 많이 타는 갈색 머리 십 대 소녀가 있었고, 부르동이 어깨를 가볍게 감싸고 있는 여자, 자기 나라 언어로 말하면서 말끝마다 웃음을 터트리는 스칸디나비아 출신 여자도 있었다. 그들 곁에서 붉은 얼굴 더그가 무표정하게 이자라 베르트[1] 병을 뚫어지게 바라보고 있었다.

프리에드랑드 대로에 있는 그 바의 주인은 폴 콩투르가 '마담 카모엥'이라고 부르는 마르티니크 출신 여자였다. 조르주 벨륀은 크리스티앙 윈그랭이 극심한 '우울증'을 앓던 시기에 이 바

---

1) Izarra verte : 프랑스 바스크 지방 바욘에서 만드는 달콤한 혼합주.

19

에서 꼬박 밤을 새웠으며 마담 카모엥이 그에게 간이침대를 내 줬다고 속삭이듯 말했다. 벨륀이 내게 그 침대를 보여주고 싶어 해서 우리는 마호가니 카운터를 지나 복도를 걷다가 계단을 내 려갔다. 거기, 지하실에서 나는 둥근 천장과 철제 울타리로 둘러 싸인 간이침대를 보고 감탄했다. 간이침대 덕분에 그 은밀한 공 간은 마치 지하 동굴처럼 보였다. 벨륀이 침대에 누웠다.

"이봐, 내게도 휴식이 필요해. 마담 카모엥한테 여기 뭘 좀 놓 아달라고 해야겠어…"

그는 내가 그때까지 한 번도 감지하지 못했던 사투리 억양으 로 말했다. 나는 그의 창백한 얼굴과 불안한 눈빛을 보고 놀랐다.

"자, 기운을 내요…"

그는 침대에서 몸을 일으키며 내게 서글픈 미소를 지어 보였 다. 일행에게로 돌아왔을 때 콩투르 부부가 부지빌 근교로 저녁 을 먹으러 가자고 했다. 일행이 모두 부부의 컨버터블 차 안에 바 짝 붙어 앉았다.

저녁을 먹으면서 나는 비로소 그들을 좀 더 가까운 거리에서 관찰할 수 있었다. 콩투르가 가끔 '파리 국립할인은행장 아들'이 라고 부르는 크리스티앙 윈그랭은 부모에게 걱정을 많이 끼쳤 고, 최종적으로 그의 처지를 결정하는 가족회의가 소집될까 봐 전전긍긍하고 있었다. 폴 콩투르는 농담으로 선행 증명서를 발 급해주겠다면서 그를 안심시켰다. 성만 알고 이름을 알 수 없었던, 사람들이 항상 '드 부르동'이라고 부르는 남자는 윈그랭의 오랜 친구였다. 그들은 몽셀 중학교에서 만난 사이였다.

가끔 두 사람은 오세아니아나 브라질로 떠났다가 슬라이드와 강의 주제를 가지고 돌아왔다. 어느 날 저녁, 그들은 친절하게도 나를 강연에 초대했다. 30여 명의 청소년과 몇몇 성인이 앉아 있는 앞줄을 제외하면 강의실은 텅 비어 있었다. 윈그랭이 스크린에 슬라이드를 비추고 부르동이 설명을 채 시작하기도 전에 박수가 쏟아졌다. 강연이 끝나자 참석자들이 감탄하며 우리 쪽으로 다가왔다. 그들은 몽셀 중학교 학생과 교사 들이었다. 그들의 흥분과 열의를 보면 윈그랭과 부르동이 그 학교 전설의 일부이며 두 사람에 대한 기억이 계속해서 이어지고 있음을 짐작할 수 있었다. 가끔 입이 걸어지는 더그는 몽셀 중학교 학생들 말고는 윈그랭과 부르동의 강연을 들으러 오는 사람은 없다고 했다.

기이한 이 두 강연자의 관심은 '삶을 즐기는 데' 있었다. 우울증을 앓는 윈그랭이 지속적인 흥분 상태를 유지해서 이 병에 맞서고자 했던 것이다. 어떻게 '빈 시간'을 없애느냐는 것이 그의 고민거리라고 했다. 윈그랭은 고슬고슬한 금발에 낯빛은 붉었고, 얼굴은 아기천사처럼 조금 통통했다. 햇볕에 그을린 피부에 갈색 곱슬머리 부르동은 이가 훤히 드러나는 웃음, 담백한 말투, 파이프 담배로 신사 행세를 했지만, 장거리 항로를 오가는 대형 여객선 지배인처럼 보였다. 두 사람은 콜로넬 르나르에 있는 독

신자 아파트에서 함께 살았는데, 윈그랭은 나를 그리로 자주 데려갔다. 벽에는 옛 식민지 지도와 박제된 코뿔소 머리가 걸려 있었고 바닥에는 동물 가죽들이 깔려 있었다. 윈그랭의 방은 선실을 그대로 옮겨놓은 것 같았다. 복도를 따라 날짜가 적힌 두 사람의 애인들 사진이 쭉 걸려 있었는데, 나는 거기서 대머리 현직 장관의 아내를 알아보고 깜짝 놀랐다.

두 사람이 귀찮아하지 않고 들려준 그들의 연애담 중 하나는

몸의 유연함과 슬픈 눈은 뛰어올랐다가 철창에 부딪히고 마는 야수를 떠올리게 했다.

파리에 휴가를 보내러 온 -윈그랭이 '눈부시게 아름다운 스칸디나비아 여자들'이라고 표현한- 두 스칸디나비아 여자에게 그들과 하룻밤을 보내는 조건으로 바닷가에 데려가겠다고 약속했던 이야기였다. 그들은 밤 11시쯤 자동차로 여자들을 데리러 갔고 서쪽 고속도로를 달려 트리아농 팔라스 호텔 객실 두 개가 예약된 베르사유에 도착했다. 스칸디나비아 여성들은 호텔의 해수욕장 같은 분위기와 어두운 정원에 속아 투케나 디나르쯤에 왔다고 착각했다. 아침 일찍, 윈그랭과 부르동은 그들의 희생자들이 자는 동안 산책 통로에 자리를 잡았다. 10시에 그들은 수영복 차림에 선글라스를 끼고 프런트로 향하는 두 스칸디나비아 여성을 보았다. 그녀들은 해변으로 가는 길을 물었다. 윈그랭은 바보처럼 껄껄대며 웃었다. 5년 전 일이었다.

갑자기 그들은 침울해졌다. 며칠 동안 윈그랭이 마담 카모엥의 바까지 간신히 가서 마담이 그를 위해 꾸며준 지하실에서 지쳐 쓰러질 힘밖에 없을 정도로 무기력했던 이유를, 나는 알 수 없었다.

부르동도 몹시 우울하게 보낸 적이 있었지만 적어도 그는 자신이 왜 그런 상태에 있는지는 알고 있었다. 열일곱 살에 그는 한 여자아이의 아버지가 된 상황에 놓였다. 아이 엄마가 보르도의 유명한 도매상 집안 출신이었기에 이 혼외 출산은 큰 문제를 일으켰다. 여자 집안사람들은 아이 아버지가 자식을 절대 만나지

23

우리가 마담 카모엥의 바에서 들었던 남미 음악 리듬은
베를린의 빈 스타일 정중함과 대조를 이뤘다.

않는다는 조건으로 아이를 맡아 기르기로 했다. 그 아이는 이제 처녀가 됐다. 부르동은 딸의 사진 한 장을 손에 넣었고, 우리에게 그 사진을 자주 보여줬다. 그는 딸이 자신에게 다정하게 대하고, 공부도 잘한다고 이야기를 시작했지만, 이내 사실을 고백하고 무너져버렸다. 그는 그녀에게 낯선 사람일 뿐이었다. 우리는 눈물을 흘리는 그를 콜로넬-르나르 거리로 데려갔다.

윈그랭이 절망의 발작이라고 부르는 부르동의 '파국'은 어떤 것이었을까. 그는 몽셀 중학교를 졸업한 뒤에도 여전히 그곳을 떠나지 못했다. 윈그랭과 부르동은 며칠 밤에 걸쳐 그들의 청소년 시절을 이야기했고, 그들의 인생에서 몽셀에서 보낸 시간은 가장 아름다운 추억으로 남아 있었다. 그들은 학교의 영웅이었다. 매년 유월 체육의 날, 200명 학생 앞에서 장대높이뛰기 시범을 보일 때 그들은 영광의 순간을 맛보았다. 외출이 허락되는 일요일마다 부르동의 어머니는 심카[2]를 타고 몽셀에 와서 윈그랭과 부르동을 데려갔다. 그녀는 '부르동'이라는 남자의 구애를 받아 그와 결혼했다. 그는 라 코트 바스크 출신의 나이 든 빈털터리 신사였다. 부르동은 양육비를 받는다는 조건으로 그녀가 낳은 아비 없는 아이를 자기 자식으로 인정하기로 했는데, 그 아들이 바로 우리가 아는 부르동이었다.

---

2) Simca : 피아트가 프랑스에 설립한 자동차 제조업체에서 출시한 모델.

윈그랭과 부르동은 저녁에 똑같은 스타일 옷을 입었고 -플란넬 신사복이나 몽셀 중학교 휘장이 달린 블레이저- 동시에 똑같이 움직였다. 방으로 들어올 때도 박자에 맞춰 나란히 걸었고, 뮤직홀 무대 위 무용수들처럼 떨어져서도 신속하게 대칭을 이루며 움직였다. 벨륀의 말로는 콩투르가 적도 근처 아프리카의 광산 회사 주식을 매입한 시기에 그들과 친분을 맺게 됐다. 콩투르는 광업소의 공중사진을 찍으려고 조종사를 찾고 있었는데 윈그랭과 부르동이 브라자빌에서 낡은 파르만[3] 한 대를 빌려 그 임무를 완수했다.

시간이 흐른 뒤에 나는 폴 콩투르가 그들에게 보였던 애정에 사심이 전혀 없었는지 궁금했다. 그는 '파리 국립할인은행장 아들'을 출자자로 이용하지 않았을까? 그리고 부르동의 활기와 모험심을 부추길 수 있다면 자기 '사업'에 이롭게 이용할 수 있겠다고 생각하지 않았을까? 윈그랭이 마디 콩투르의 애인이었다는 소문도 들렸다. 사람들은 그렇게 입방아를 찧어댔다…

'소그룹'의 두 멤버가 부지빌에 왔다. 한 사람은 콩투르 부부보다 나이가 조금 더 많으며 내가 그 풍모를 찬탄해 마지않았던 원목 고가구상 클로드 델발이었고, 다른 한 사람은 그의 친구인 용모 단정한 갈색 머리 청년이었다. 폴 콩투르가 그 고가구상을

---

3) Farman : 프랑스산 정찰 복엽기.

폴 두메르 대로, 장식품을 없애버린 거실, 파스텔톤 벽과 고급 양모로 짜인 양탄자가 사치스럽고 매우 우아한 느낌이 들게 했다.

델빌은 몇 개 의자에 씌울 새 덮개 천으로 강렬한 색의 비단을 골랐다.
취향이 아주 분명한 사람만이 그렇게 대담할 것이다.

알게 된 것은 최근 일이 아니었다. 폴 콩투르는 델발이 자신을 오스테리츠역에 데려다줬던 것까지 기억했는데, 그날은 폴이 소집통지서를 받고 샤랑트에 있는 군부대를 향해 떠난, 기묘한 전쟁이 시작되던 어느 밤이었다. 서른 살이나 더 어렸던 콩투르는 델발이 자신에게 감정을 품었다고 짐작했다. 그 시절부터 델발은 바위에 잇달아 부서지는 파도를 바라보는 산책자처럼 손자뻘 젊은이들에게 관심을 두고 있었고, 콩투르는 젊음에 대한 델발의 끊임없는 탐색이 걱정스러웠다. 그런 탐색으로 자신의 늙음에 대해 더 민감해지기 때문이라고, 콩투르는 내게 자주 말했다. 그는 이제 더는 델발이 기차역까지 데려다준 젊은 남자가 아니었다.

나는 고가구상의 친구, 그리고 크리스티앙의 약혼녀인 갈색 머리 소녀 프랑수아즈와 함께 테이블 끝에 자리를 잡았다. 프랑수아즈는 크리스티앙을 따라 어디든지 가려고 가족을 떠났다.

그녀의 그런 순진함에 감동한 윈그랭은 그 상황을 기꺼이 받아들인 것이 분명했다. 흠잡을 데 없는 얼굴에 갈색 머리 델발의 친구는 연기 수업을 받고 있었다. 그는 웅얼거리며 어떤 배역을 -내 생각에- 목표로 해야 할지 내게 물었다. 그의 이름이 떠오르지만, 그것이 과연 진짜 이름이었을까? 아니면 예술가로 활동하려고 준비한 예명이었을까? 그의 이름은 미셸 마레즈였다.

모든 멤버가 폴 콩투르의 속삭이는 듯한 멋진 목소리를 들었다. 유월의 밤, 그 목소리의 음색은 평소보다 더 마음을 끌었고 마디는 미소 지으며 나를 바라보았다. 그녀는 그 목소리의 매력이 새로운 멤버에게 감흥을 주는지 확인하고 싶은 듯했다. 그 목소리의 매력은 내가 콩투르의 말을 이해하는 데 매번 어려움을 겪을 정도였고, 나는 그 목소리에 흔들려 잠들지 않으려고 엄청난 노력을 기울여야 했다.

그런데 그날 밤 그는 무슨 말을 했던가? 그것은 감미로운 그의 목소리 음색에 어울리지 않는 것들이었다. 그는 예전 직업이었던 말 장사, 그리고 남쪽에서 출발한 동물 운송 기차가 도착하기를 기다리며 보지라르의 도살장에서 보내던 밤에 관해 이야기했다. 그는 매번 말을 열 마리 정도 사서 새벽에 뇌이유에 있는 마구간으로 운송했다. 그중 몇 마리는 너무나 허약해서 걸을 수조차 없었다. 그는 식육용으로 기르던 말들을 마구간에서 회복시켜 종마 사육장에 비싼 값으로 팔았다. 그가 판 말 중 한 마리는 마장마술 경기에서 여러 차례 상을 받기도 했다. 거세된 밤색 말이었다. 폴 콩투르가 여러 마리 말의 생명을 구한 셈이다.

늦은 밤이었지만 콩투르 부부는 우리를 각자의 집까지 데려다줬다. 나는 마지막까지 남아 있었다. 더그가 운전했고, 마디와 폴 콩투르는 앞좌석에, 나는 뒷좌석에 앉아 있었다. 나는 그들에게 내 옆 사무실을 쓰는 조르주 벨륀을 오래전부터 알고 지냈느냐고 물었다. 콩투르가 중얼거리며 "오래전부터… 말 장사를 함

31

더그는 온순한 거인처럼 보였지만, 자주 눈동자가 풀리곤 했다.
그는 아마도 자기 고향 켄터키 초원이 생각나게 하는 색 때문에
이자라 술을 좋아했을 것이다.

께 했지… 당시에 벨륀은 노동허가증이 필요했어."라고 말했다. 그러고는 입을 다물었다. 나를 내려주기 전 두 사람 모두 내게 몇 마디 다정한 말을 건넸다. 그들은 나를 그들 그룹에 흔쾌히 받아들인 것 같았지만, 아쉽게도 나는 계속해서 정해진 일정을 따라야 했다.

그들은 시월 말부터 이듬해 유월까지 비에르종 근처에 있는 그로부아에서 주말을 보내며 나를 그리로 초대했다. 그로부아는 야릇한 건축물이었다. 건물 정면은 희고, 두 개의 로마네스크 양식 지붕은 뾰족했으며, 창마다 차양이 달려 있었다. 집을 둘러싼 삼단 벽돌 계단이 받침돌 역할을 했다. 외관이 솔로뉴 풍경에는 어울리지 않는 집이었다.

원목 전문가인 델발은 근처에 사냥용 별장으로 개조한 옛 저택을 소유하고 있었는데 저녁이면 그의 젊은 친구를 데려오곤 했다. 그러지 않을 때면 콩투르 부부, 더그, 윈그랭, 부르동과 조르주 벨룅을 초대했고, 그들은 샤를 4세풍 원목과 비단으로 장식한 그의 집에서 저녁을 먹었다. 돌아오는 길에 폴은 델발의 샤를 4세풍 취향을 짓궂게 놀려대곤 했다. 콩투르는 프랑스 혁명기 5인총재정부[4] 시대를 좋아했고, 역사적 인물로 바라스 자작

---

[4] 나폴레옹이 집권하기 전 1795년 11월부터 1799년 11월까지 존속한 정부.

장군을 가장 존경했다. 폴은 가티가 주조한 작품으로 쉽게 만날 수 없는 바라스 흉상 하나를 사고는 그것이 자신과 닮았다며 자랑하곤 했다. 그는 바라스에 대한 존경의 표시로 솔로뉴에 있는 저택에 '그로부아'라는 이름을 붙였는데, 바라스가 소유했던 성의 이름이 바로 그로부아였다. 콩투르 부부 집에서 추리 소설 이외에 눈에 띄었던 책들은 오로지 총재정부 시대에 관한 것들이었

그로부아와 앙티브의 빌라, 그리고 파리에서 우리는 마디의 특징이 드러나는 똑같은 아룸 부케를 봤다. 발로리의 도자기 장인이 만든 꽃병은 마디가 직접 디자인했다.

는데 폴 콩투르는 자신이 그 시대에 살았다고 주장했다. 그런 엉뚱한 생각 때문에 소그룹 멤버들은 그를 '총재'라는 별명으로 불렀고, 델발은 마디를 '마담 탈리앙'⁵⁾이라고 부르면서 그녀를 끌어들였다.

그로부아에서는 저녁 식사 후에 더그가 브리지 게임 테이블을 준비했다. 폴 콩투르는 벨륀과 체스를 두기도 했고, 마디가 포커 게임을 제안하기도 했다. 마디는 놀라운 고수인 듯했다. 나는 옆방에서 윈그랭의 갈색 머리 젊은 애인 프랑수아즈와 함께 음악을 들었는데, 지금은 그녀와 좀 더 친밀하게 지내지 못했던 것이 아쉽지만, 그녀는 우리보다 열다섯 살이나 많은 윈그랭만을 열렬히 흠모했다. 나와 함께 있던 방을 나가 윈그랭이 있는 방으로 간 그녀는 걱정하면서도 애정이 담긴 눈길을 그에게 보냈다.

윈그랭은 능숙하게 프랑수아즈의 감정을 조종했고, 심술궂거나 무례하게 굴고도 용서받는 방법을 잘 알고 있었다. 그는 훗날을 대비해 이 젊은 여성을 자기 곁에 남겨두고 있었다. 서른다섯 살이었던 그는 아마도 결혼 같은 진지한 사건을 직면할 순간이 곧 찾아오리라는 것을 예견하고 있었을 것이다. 부르동은 남태평양에서 보여줬던 모험가다운 태도를 고수했고, 언젠가 하게 될지 모르는 결혼이 가져다줄 돈과 완벽한 자유에 대해 동시

---

5) Tallien : 프랑스 혁명 시기 파리 코뮌 서기로 활동했다. 로베스피에르와 대립, 쿠데타를 획책했으며 자코뱅 탄압과 혁명재판소 폐지를 주장했다.

에 집착을 보이고 있었다. 그래서 그는 호놀룰루에 거주하면서 자신에게 정기적으로 편지를 보내는 미국인 갑부 여성과 하와이식 결혼도 고려하고 있었다. 그녀는 칼라카우아왕의 혈통을 이어받은 혼혈이었는데, 그 점이 그의 속물근성을 자극했다.

그로부아에서 윈그랭과 부르동은 여행할 때 찍은 사진을 슬라이드로 자주 상영했다. 어느 날 밤, 마디는 거실의 커다란 벽난로에 불을 지폈고, 더그는 기타를 치며 우리에게 그의 고향 켄터키의 연가(戀歌)들을 불러줬다. 부르동과 윈그랭은 그중 하나인 「메모리 레인」을 목청껏 불렀는데, 그 노래는 더그가 그로부아에서, 그리고 나중에 앙티브에서 내게 가르쳐준 노래였다. 생각에 잠긴 눈빛으로 폴 콩투르는 「메모리 레인」을 들었다. 이 노래는 새벽에 지나가는 것을 보았으나 돌아오지 않은 말에 관해 이야기했는데, 폴 콩투르는 거기서 지난날 자기 직업을 떠올렸다. 더그는 노래를 멈추지 않았고, 심지어 다음 날 아침 늦게까지 계속했다.

소그룹은 크리스마스 파티나 송년 모임으로 연일 그로부아에 모였고 앵글로 색슨 관습에 따라 크리스마스 복권 뽑기도 했다. 폴 콩투르는 파리의 라 메지스리 부두에서 소나무를 손수 골라 솔로뉴로 배달시켰다. 그 밤들, 폴의 모직 옷과 벽난로의 장작불, 장밋빛과 옅은 파란빛을 띤 작은 촛불이 가지에 달린 소나무는 가족적인 온정과 안정을 느끼게 해줬다. 그러나 내가 금세 알아차렸듯이 그런 감정은 너무도 순간적이어서 허무한 기분이 들었다.

나는 원목 가구 전문가 집에서 보냈던 어느 오후를 기억한다. 그가 후원하는 젊은이 미셸 마레즈는 우리에게 보들레르의 산문시를 진지하게 읊어줬다. 그때 폴 콩투르가 아이디어를 냈다. 몇 킬로미터 떨어진 곳에 있는 샤브레 성을 이용해서 '소리와 빛의 쇼'를 기획하면 어떻겠냐고 했다. 비용은 자기가 대겠다고 했다. 클로드 델발이 후원하는 젊은 청년은 가장 높은 망루에 서서 공연을 해설하리라고 했다. 폴은 마레즈가 그 일에 적합하다고 생각했다.

폴에게는 참신한 아이디어가 많았다. 그로부아에서 보내던 어느 주말에 나는 폴이 윈그랭, 부르동과 나누는 '사업' 이야기를 들었고, 그의 몇 마디 말에 놀랐다. 그것은 해초를 집중적으로 재배해서 가축 사료로 활용하겠다는 아이디어였다. 콩투르는 라 아그 쪽 해변 땅 이야기를 하면서 그 땅을 빨리 사야 한다고 했다. 설령 해초 사료 사업에 실패한다 해도 그 땅에 둑을 쌓아 매립지를 확보할 수 있다고 했다. 왜 매립지였을까? 대체 왜?

콩투르가 우리보다 훨씬 더 오래 살아남을 거라고 거듭 말했던 그로부아 숲을 산책하면서 그가 내게 털어놓은 꿈은 예전에 하던 말 사업의 재개였다. 나는 그에게 젊은 시절에 빛을 발했던 변호사 일이 아쉽지 않으냐고 물었다. 그는 내가 자신의 삶에 관

폴 뒤메르 대로에 있던 안락한 아파트와 그르부아의 우아한 저택이
보지라르의 도살장에서 비롯했음을 확인한다는 것은 신기한 일이었다.

폴은 예전에 골프 시합에서 전 영국 국왕을 이긴 것을 자랑스러워했다. 전 국왕은 그에게 다음과 같은 헌사가 적힌 사진을 줬다.

유감없음, 폴 에드워드 R.

해 자세히 알고 있다는 사실에 놀란 것 같았다. 그리고 단호한 목소리로 변호사 복장이 흉측하고, 또 너무 많은 말을 해야 해서 괜찮은 직업이 아니라고 했다. 반면에 말과의 접촉은 인간을 고양시킨다고 했다. 말은 말을 하지 않기 때문이라는 것이다. 그는 상의 주머니에서 지갑을 꺼내 사진 한 장을 보여줬는데 그가 도살장에서 구해준 밤색 거세마 사진이었다. 그는 그 사진을 보며 위

42

안을 받는다고 했다. 매일 밤 그는 같은 악몽을 꾸었고 그로부아에서 지낼 때 우리는 그의 신음이나 도움을 청하는 소리를 듣곤 했다. 그는 도살장으로 끌려가는 말들의 긴 대열을 생각했다. 끝이 없을 것 같은 대열. 그 대열은 그에게 현기증을 일으켰다. 그는 갑자기 다른 말들과 함께 대열에 들어갔다. 그도 역시 한 마리 말이었다. 도살장에 있는 한 마리 말이었을 뿐이다.

그는 친절하게도 내 앞날에 관해 물었다. 그리고 내게 실천 정신이 부족한 점, 운동이나 보드게임에 관심이 없다는 점을 걱정했다. 서른다섯 살부터는 그런 일들이 필요하다고 했다. 삶에 대한 불안을 극복하게 해주므로 미리 대비해두지 않으면 나중에 몹시 아쉬울 거라고 했다. 콩투르는 내게 체스와 브리지 게임을 가르쳐주려 애썼고, 나를 테니스 클럽과 뇌이유의 승마 연습장에 등록시킬 정도로 마음을 써줬다. 그가 참석했기에 나는 레슨에 한 번도 빠지지 않았다. 그는 내가 댄스도 배우고 운전면허증도 발급받기를 원했지만, 그렇다고 나를 닦달할 수는 없었다.

그는 무신경한 내 옷차림에도 심란해했다. 어느 가을날 오후 그는 콜리세 거리에 있는 그의 단골 양복점에 나를 데려가 직접 천을 고르고 내게 양복 두 벌을 사줬다. 그리고 나서 우리는 대로변에 있는 이발소에서 나란히 앉아 머리를 잘랐다. 콩투르는 30여 년 전부터 이 가게 고객이었다. 저녁에 우리는 레스토랑 샤를로에서 마주 앉아 식사했고, 나는 그가 나 같은 아들

델발이 좋아하는 마레즈의 사진.
프레스부르크 거리에 있는 칼프 시몽의 스튜디오에서 찍었다.
이 사진은 2년 연속 영화 연감에 실렸다.

이 있었으면 좋겠다고 했을 때 감동했다. 나는 그에게 감사의 말을 건넸다. 콩투르 부부처럼 사랑스러운 사람들에게 아이가 없다는 것은 안타까운 일이었고, 폴과 마디가 그 사실로 몹시 애석해할 거라고 생각했다.

그로부아에서 폴과 나 사이에는 농담거리가 하나 있었다. 폴이 폭소를 터뜨리며 샤브레 성 소유주가 주최하는 '부프몽 랠리'에 참여하는 데 연관된 교활한 계략을 알려줬다. 그가 한껏 복잡하게 고안한 계략이었다. 폴은 '도축'을 목적으로 말을 이용하는 행태에 분노했고, 말을 타고 하는 사냥도 혐오했다. 시종처럼 꾸미고 익살을 부리는 '부프몽' 사냥 모임 대표는 은행 경영자회의 일원이었고, 여러 이사회 의장직을 맡고 있었다. 콩투르는 그를 자기 '사업'에 끌어들이고 싶어 했고 '그 오만한 자의 돈을 긁어내자'고 자주 말했다.

폴은 샤브레 성에 갈 때마다 더글러스, 윈그랭, 부르동을 대동했고, 나는 마디와 함께 그로부아에 남았다. 마디는 그로부아에 작업실을 만들었는데, 나는 그녀가 그림을 그리는 동안 곁을 지켰다. 마디는 소그룹 멤버들의 초상화를 그렸고, 내 차례가 되자 포즈를 취해달라고 했다. 소규모 파티를 구실로 더그가 거실 벽에 걸린 다른 이들 초상화 옆에 내 초상화를 걸었다. 마디는 내가 자기 그림에 관심을 보인다는 사실에 감동했다. 폴에게는 미적 감각이 별로 없었다. 그는 추리소설과 총재회의 시대에 관한

45

책만 읽었다. 전쟁 직후에 마디는 의상실을 개업한 적이 있었으나 영업을 맡았던 폴의 부주의로 세 차례의 신작 컬렉션 발표 후 파산했다. 이후 그녀는 그림을 그리기로 마음먹었다.

마디는 나와 산책하러 숲에 가면 내 팔짱을 꼈다. 그녀는 초록색 승마 재킷을 입었다. 비 오는 날이면 어슴푸레한 빛에 조금씩 잠기는 거실에서 자기가 좋아하는 곡을 들었다. 가끔 춤도 췄지만, 나는 대부분 소파에 누워 담배를 피우는, 나른한 듯한 그 아름다운 여인을 바라보았다. 어느 오후, 나는 그녀를 품에 안았고 그녀의 금발이 내 뺨을 쓰다듬었다. 그러나 폴과 다른 사람들이 갑자기 도착하면서 그녀와 나는 더 나아갈 수 없었다. 아쉽게도 그런 기회는 다시 오지 않았다.

그로부아의 관리인은 폴이 자기 딸의 대부, 마디는 대모가 돼주기를 바랐다. 세례식은 위베르 성인에게 봉헌된 인근 작은 성당에서 진행됐다. 모두가 성사에 참석했다. 더그는 콩투르 부부가 대녀에게 줄 선물을 들고 있었다. 수놓은 쿠션 두 개와 은잔이 있었는데 조르주 벨륀은 내게 콩투르 부부의 지시에 따라 일주일 전 피에르-샤롱 거리에 있는 전당포에서 그것들을 되찾아왔다고 말해줬다. 미사가 진행되는 동안 나는 다양한 모습으로 뒤얽힌 우리 그룹에 대한 생각을 멈출 수 없었다. 선홍색 얼굴에 멍하니 앞을 바라보고 차렷 자세로 서 있는 더그, 사냥복을 입고 상반

델빈은 파도 소리를 들을 때마다 오래전 붉은 장식과 밝은색 눈동자로
가득했던 전쟁 전 틀롱과 빌므강슈를 떠올리곤 했다.

신을 내밀고 있는 크리스티앙 윈그랭과 부르동, 갑옷처럼 금속 느낌이 드는 회색 양복을 입고 허리를 졸라맨 클로드 델발과 솔로뉴 지역을 헤매는 그리스 목동 같은 그의 젊은 친구, 옛 제국의 통역관 같은 조르주 벨륀, 마디와 그녀의 금발… 세례받는 아이가 어떤 기이한 사람들이 자신의 천주교 입문을 축하하러 모였는지 알았더라면 무척 놀랐을 것이다.

아시앙다에서는 왁자지껄한 페탕크 공놀이 시합이 저물녘까지 이어졌다. 표적 공을 둘러싸고 우정이 깨지거나 다시 이어지기도 했다.

평상시와는 성격이 다른 상황이라는 사실을 깨달은 폴은 내게 걱정을 털어놓았다. 마디와 그가 대녀에 대한 그들의 모든 의무를 제대로 다해낼 수 있을까? 그의 사업은 불안정했고, 그로부아 저택은 조금씩 퇴락해갈 것이다. 게다가 그 집은 이미 오래전에 저당잡혔다고, 그가 나지막한 목소리로 말했다.

겨울에 접어들었다. 일월, 이월, 삼월이 지나갔다. 매년 사월이 되면 소그룹은 키츠뷔헬에 있는 조르주 벨륀의 어릴 적 친구 브루노 크라메의 별장에서 지냈다. 그는 이 오스트리아 스키장에 넓은 별장을 소유하고 있었다. 하지만 내가 콩투르 부부를 알게 됐을 때는 크라메가 별장을 이미 팔아버린 뒤였고, 건물이 팔리자 소그룹 멤버들은 몹시 허전해했다. 그들은 6년 전부터 산에서 한 달을 보내는 데 익숙해져 있었기 때문이었다. 벨륀은 내게 파리 동역에서 출발하는 키츠뷔헬행 야간 기차와 콩투르 부부의 여행용 트렁크 세 개, 그리고 부르동, 윙그랭, 미셸 마레즈가 플랫폼에서 입고 있던 붉은 스웨터와 스포츠 바지, 더그가 짐

꾼에게서 가로채 「메모리 레인」을 휘파람으로 불며 4개의 침대 칸에 직접 정리한 스키에 대해 자세히 이야기해줬다. 원목 전문 가인 델발은 눈을 두려워했기에 그들 일행과 함께 키츠뷔헬에 가지 않았다. 그는 어쩔 수 없이 자기 젊은 친구와 헤어져야 했지 만, 미셸 마레즈의 휴가를 반대할 수는 없었다.

봄이 지나고 찾아온 유월이 순환하는 계절의 새로운 시작을 알렸다. 소그룹은 앙티브에 있는 콩투르 부부의 별장 '아시앙다' 에서 여름을 맞았다.

그해 나는 코트다쥐르에 머물고 있었기에 그들을 만나러 갔 다. 그로부아에서 보낸 주말들이 보드게임과 숲속 산책 덕분에 평온했던 만큼이나 남쪽 기후는 그들을 끊임없는 흥분으로 몰 아넣었다. 아시앙다의 가구들로 비춰볼 때 콩투르 부부는 예전 에 다른 어느 곳보다 여기서 호화롭게 살았음을 짐작할 수 있었 다. 별장의 황갈색 초벽은 색이 바랬고, 정자에는 균열이 나 있었 다. 그 후로도 소그룹 멤버들은 계속 흥분해 있었고 아무것도 변 하지 않았다고 스스로 믿고 있었다. 물론 공간은 그대로였다. 폴 두메르 대로의 아파트, 그로부아, 아시앙다는 우리가 가이드를 따라 관람했던 성들의 무도회장처럼 그대로 남아 있었다. 하지 만 그 무도회장들은 황폐했고 고요했다. 나는 폴이 어려움을 겪 게 된 정확한 시기를 알고 싶어서 그에게 물었다. 그는 그것을 아는 가장 좋은 방법은 인류사에서 일어난 중요한 사건을 기준으로 삼는 것이라고 했다. 그는 잠시 생각에 잠겼다가 자신의 '전성기'는 디엔비엔푸 전투와 수에즈 운하 위기 사이 어디쯤이었다고 털어놓았다.

앙티브에서 소그룹 멤버들은 꺼져가는 불을 되살리려고 엄청난 에너지를 쏟아부으며 애썼다. 나는 왜 그들이 바람과 함께 사라지기 전에 마지막 싸움을 벌이고 있다는 인상을 받았을까? 햇빛을 받은 폴의 얼굴에 잠시 불안한 기색이 드러났지만, 나는 야간 업소에 들어갈 때 봤던 그의 여유와 단호함에 감탄했다. 그는 샹파뉴산 와인을 따라주는 사람들을 '샹죄르changeur(바꾸는 사람)'라고 불렀고 그렇게 부름으로써 끊임없이 새 와인으로 바꿔야 한다는 것을 알려주고자 했다. '샹죄르'를 불러 와인을 따르라는 뜻으로 검지로 잔을 가리키며 '따라줘…'라고 말하던 그의 목소리가 아직도 귓전을 맴돈다. 단언컨대, 와인이 바뀌는 리듬에 맞춰 실내 장식과 관람석, 외부 간판, 정권과 여인들의 원피스가 바뀌는 동안 폴은 30년 전부터 같은 테이블의 같은 의자에 앉아 있었다. 아이들은 성장했지만, 폴의 꼿꼿한 상체, 그의 검지와 일정한 간격을 두고 나지막한 목소리로 30년 전부터 했던 짧은 말은 그대로 남았다. "부탁해, 샹죄르… 따라줘…"

갑자기 터지는 웃음과 날카로운 목소리가 들려와도 두 사람만은 침묵을 지켰다. 한 사람은 원목 전문가의 젊은 동반자 미셸

아시앙다에서 마디는 작은 거실의 벽면 한쪽을 직접 장식했다.
프로방스풍 타일 장식에 온기를 주려고 동물 가죽을 걸어놓기도 했다.

마레즈였고, 다른 한 사람은 윈그랭을 여전히 사랑하는, 그의 들뜬 태도에 괴로워하는 프랑수아즈였다. 어느 날 나는 울고 있는 그녀를 보고 달래려고 애썼으나 소용없었다.

원목 전문가 델발은 더할 나위 없는 행복을 누리고 있었다. 그는 콩투르 부부의 별장을 특히 좋아했다. 혹시 그는 아시앙다에 머물 때 쥐앙-레-팽 해변에서 마레즈를 만났던 것이 아닐까? 그해 여름 마레즈는 그의 고향인 툴루즈에 있는 해군 부대에서 병역을 마쳤다. 당시 델발은 자신에게 이상한 현상이 일어나고 있음을 깨달았는데 그는 내가 입이 무겁다고 믿었기에 그 경험을 들려줬다. 그는 이 툴롱 출신 젊은 선원을 찬탄의 눈으로 바라보면서 바로 자신의 스무 살을 되찾았다. 툴롱과 그곳의 신비, 아편, 오스카 뒤프렌과 30년대 수많은 추억. 그 시절에 델발은 라 센 드 랑피르에서 '광대 역할을 하는 곡예사'였다. 극장 좌석 뒤쪽에 있는 입석에서 그의 공연을 지켜보던 어느 고가구 원목 전문가가 그를 눈여겨봤고, 그를 사랑했고, 그에게 일을 가르쳐줬다. 그리고 지금 어느 젊은이가 자신도 모르는 사이에 모든 것을 델발의 눈앞에 어른거리게 했고, 그가 시간을 초월하게 해줬다.

이 시기에 한 인도차이나 출신 남자가 우리와 자주 어울렸는데, 그는 안남[6] 마지막 황제가 통치하던 시절 장관의 아들이었

6) 프랑스 식민 지배 시절 응우옌 왕조의 지배를 받던 베트남 중부지역을 안남으로 불렀다.

고, 윈그랭과 부르동의 몽셀 중학교 동창생이었다. 그는 '필루'라는 이름의 마르세유 여자와 결혼하고, 칸에서 향수 가게를 운영했다. 그들은 묘한 커플이었다. 남자는 살진 얼굴에 키가 크고 체구도 건장했다. 여자는 갈색 머리에 키가 매우 작았고, 목소리가 높고 날카로웠다. 그녀는 믿을 수 없을 정도로 난폭하게 남편

도는 황제에 대한 충성심을 잃지 않았다.

에게 싸움을 걸었고, 그는 입가에 담배를 문 채 가끔 담배 연기를 그녀의 얼굴에 내뿜거나 냉소 지으며 그녀를 뚫어지게 내려다 보면서 울부짖게 내버려뒀다. 그녀는 우리와 함께 레스토랑이나 모임 장소에 갈 때마다 고함치거나 소란을 피웠지만, 그는 늘 잠 자코 있었다. 그런 평정-그녀가 자신을 살인자로 취급해도 그는 집중해서 사과 껍질을 벗겼다-은 우리가 '마르세유 여자'라고 부르는 그녀의 존재를 무시하는 데까지 이르게 했다. 마치 익사 나 망각을 피하려고 발버둥치듯 싸우는 그녀의 모습은 보기에 도 애처로웠다. 그러나 그들은 늘 화해했고, 그들의 화해는 소그 룹이 두 사람의 건강을 기원하는 칵테일을 마시고, 윈그랭이 '술 과 담배의 향연'이라고 부른 것을 시작하는 구실이 됐다.

결혼 전 필루는 『파리-할리우드』라는 잡지에 실릴 누드 사 진을 찍었는데, 우리는 바보 같은 윈그랭이 앙티브의 골동품점 에서 산 몇 권의 과월호 표지 중에서 레이스 달린 작은 팬티 차 림으로 7부 코트를 걸친 그녀를 알아봤다. 윈그랭은 필루가 별 장에 올 때 보란 듯이 그 잡지들을 늘어놓아 그녀의 기분을 더 언짢게 했다.

도-그 인도차이나인의 이름이다-는 르카네 근처에 있는 폐 쇄된 작은 비행장을 사는 데 많은 돈을 탕진했다. 그는 관광용 비행기 3대와 글라이더 몇 대를 산 뒤에 비행 클럽을 만들고 싶 어 했다.

어느 오후, 나는 폴 콩투르, 윈그랭, 부르동과 함께 도의 비행장에 갔다. 윈그랭과 부르동은 비행기를 조종하고 싶어 했고, 점점 더 위험한 공중곡예에 몸을 맡겼다. 두 동창생에게 자극받은 도는 하마터면 목숨을 잃을 뻔한 급강하에서 그들을 뛰어넘었다. 우리는 도가 '전투 중대 술집'이라고 이름 붙인 격납고 구석에서 술을 마셨다. 철판에 붉은색으로 쓴 '전투 중대 술집'이라는 글자가 뚜렷이 보였고, 폴은 매력적인 목소리로 비행 클럽이 터무니없는 생각이 아니라고 말하면서 비행 클럽 창설을 고려해보겠다고 말했다. 이 사업은 최소 자본과 기발한 광고로 -바오다이 황제 폐하[7]에게 명예 회장이 돼달라고 요청하지 못할 것도 없지 않은가?- 발전할 수 있었다. 그럴 수 있었다. 하지만 우선 듣기에 좋은 클럽 이름을 찾아야 했다. 폴은 '볼-아쥐르(Vol-Azur)'[8]를 제안했다.

뜻밖에도 아시앙다는 촛불로 밝혀져 있었다. 조르주 벨륀은 콩투르 부부가 색다른 것을 원해서 그런 것이 아니라 전기가 끊겼고 그로부아처럼 이 별장도 저당잡혔기 때문이라고 했다. 폴 콩투르는 폴 두메르 대로에 있는 아파트 압류를 간신히 면했고, 더그가 어느 때보다도 진한 벌건 얼굴로 파리와 앙티브를 오간

<hr>

7) 베트남 응우옌 왕조의 마지막 황제.
8) 비행을 뜻하는 볼(vol)과 프랑스 남부 지중해 연안 코트다쥐르(Côte d'Azur)라는 지명의 '아쥐르'를 결합한 신조어인 듯하다. 옮긴이.

이유는 폴이 멀리서 해결하려고 애썼던 위급한 재정 상황에 있었다. 그는 침착하게 일을 처리했고, 다급해지면 구월쯤 라코트 바스크로 전략적 '후퇴'를 하는 것이 어떠냐고 물었다.

그래도 아시앙다에서 밤을 보낼 때, 촛불 아래서 저녁을 먹을 때면 우리의 마음을 사로잡는 무언가가 공중을 떠돌고 있었다. 마디의 아름다움, 자유분방하고 몽상가적인 폴의 성격, 삶이 어디로 데려가든 그가 유지하던 마음의 평정, 그가 말했듯이 반은 마부 같은 면과 반은 집시 같은 면이 주도하고 있었다.

더그는 연가들을 불러줬고, 우리는 새벽 두 시에 이성을 잃어버릴 정도로 술을 마시고 슬그머니 사라진 윈그랭과 부르동을 찾으러 갔다. 어둠 속에서 그들의 목소리를 포착하려고 애썼다. 그들은 바람이 소나무 냄새와 함께 노래 토막들을 실어다 준 「메모리 레인」의 후렴구를 큰 소리로 부르고 있었다.

메모리 레인
말들은 오직 한 번만 메모리 레인을 지나가지,
그렇지만 말발굽 자국은 남아 있지...

무모하게 그들을 찾아 나섰던 우리는 한밤중에 수영을 하곤 했던 가루프 쪽에 이르렀다. 그라스에서 일 년 내내 지내는 마디

물은 키츠뷔헬에 있는 브루노 크라메의 별장에서
매년 마시던 맑은 공기를 그리워했다.

의 어릴 적 친구 쉬종 발드는 우리 곁을 떠나지 않았다. 그녀는 야위고 가무잡잡한 몸에 금발 미라 같은 얼굴을 하고 있었다. 그녀는 호숫가에 있는 빌라 카를로타의 정원을 모방해 만드는 데 모든 에너지를 쏟아부었다. 연한 파란색 컨버터블 소형차를 타고 다니던 그녀 모습이 기억난다. 소뮈르에 살던 마디와 쉬종 발드는 모델이 되겠다고 열여덟 살에 함께 도망쳐 파리로 왔다. 소뮈르… 폴 콩투르를 꿈꾸게 한 곳이었다. 마디는 자신이 소뮈르 출신이어서 폴이 청혼했다고 우스개처럼 여러 차례 말했다. 폴은 속삭이는 듯한 그녀의 목소리를 들으면서 말이 마구간으로 들어갈 때 땅거미 진 소뮈르의 포장도로 위로 울려 퍼지던 말발굽 소리, 승마 연습장 냄새와 모래, 황갈색 와인과 삶에 의미를 부여하던 모든 것을 떠올렸다.

사람들이 떠나버린 해변에 우리가 모두 남아 있었던 그 오후는 우리 삶과 닮았다는 생각이 들었다. 몇몇 존재가 우연히 서로 만나 소그룹을 이룬다. 그랬다가 모두 뿔뿔이 흩어진다… 보이지 않는 배구 네트를 사이에 두고 윈그랭과 부르동이 같은 편, 더그, 프랑수아즈와 원목 전문가의 젊은 동반자가 다른 편이 돼 공놀이를 하고 있었다. 상의를 벗고 흰 바지에 검은 벨트를 매고 옛 무용수 조각상 같은 포즈를 취한 채 꼼짝도 하지 않는 클로드 델발이 심판이었다. 좀 더 떨어진 곳에서 청록색 수영복을 입은 쉬종 발드가 늦은 오후의 마지막 햇볕을 쬐고 있었다. 타올 천 가운을 입은 폴은 빈에 있는 스페인 승마학교 앨범을 뒤적이고 있었다. 나는 마디 콩투르와 함께 걸었다. 그녀는 내가 처음부터 자신에게 연정을 품었고, 그 점에 감동했다고 말했다. 머지않아 자신이 늙어가기 시작할 것이기 때문이라고 했지만, 그 오후의 그녀는 기껏해야 서른 살쯤으로 보였다. 지금 내가 후회하는 한 가지 사실은 그녀와 결혼하지 않았다는 것이었는데 -감히 그녀에게 말할 수 없었지만 나는 그녀와의 결혼을 꿈꿨다- 폴 콩투르가 이혼을 받아들이지 않으리라 생각했기 때문이었다. 나이 차이? 나이 차이가 무슨 의미가 있을까? 마들렌과 나는 아주 멋진 커플이 될 수도 있었다. 어쩔 수 없는 일이었다. 내게 남아 있는 그녀의 유일한 물건은 그녀가 앙티브에서 내게 선물한 페르시아 동화책이었고 속표지에는 이런 헌사가 쓰여 있었다. '아시앙다에서 보낸 아름다운 날들을 추억하며'⋯

마지막으로 내가 그들을 한꺼번에 모두 본 것은 약간 격식을 차린 상황에서였다. 어느 저녁 원목 전문가 클로드 델발은 우리가「마리안의 변덕」[9] 한 장면을 연기하는 그의 젊은 친구를 볼 수 있도록 베르사유에 있는 작은 극장 하나를 빌렸다. 그 공연에는 콩투르 부부와 부르동, 윈그랭, 조르주 벨룅, 더그와 나, 그리고

---

9) 19세기 프랑스 작가 알프레드 드 뮈세의 희곡 작품. 옮긴이.

쉬종 발드는 어디서 그런 에너지를 끌어와 정원을 가꿨을까?
그녀는 그것이 늘 하는 일광욕 덕분이라고 했다.

코메디 프랑세즈의 관리자 한 사람이 참석했다. 그는 델발과 반
말하는 사이로 그를 '클로디오'라고 부르는(벨륀은 델발이 오래전
에 '클로디오'라는 이름으로 라 센 드 랑피르에서 즉흥극을 했다고 내게
알려줬다) 기품 있는 신사였다. 원목 전문가는 자기가 아끼는 젊

은 친구에게 그 관리자가 조언해주기를 바라며 그를 초대했다.

미셸 마레즈는 그럭저럭 연기를 해냈다. 프랑수아즈가 상대역을 맡았다. 술에 취한 윈그랭과 부르동의 몰상식한 박수가 공연을 불안하게 했지만 코메디 프랑세즈 관리자의 몇 마디 격려가 분위기를 완화했고, 공연 중에 굵은 땀방울을 흘리던 '클로디오' 델발을 안심시켰다. 폴 콩투르는 모두를 빌 다브레의 시골풍 음식점으로 데려갔다. 그는 마레즈가 주연을 맡는 연극이 상연된다면 후원하겠다고 약속했다.

구제불능 폴.

그들을 둘러쌌던 안개가 15년이 지난 뒤에야 가끔 걷힌다. 폴 콩투르, 그는 무사태평했지만 앙티브에서 본 그의 얼굴은 초췌했다. 마디, 그녀는 아름다운 반달 모양 눈썹, 피요르의 바닷물처럼 맑은 눈동자, 잔잔한 웃음 덕분에 자신의 매력을 잘 유지하고 있었다. 부르동, 그는 요트 선장 모자를 자주 썼고 입에 담배 파이프를 물고 있었다. 남쪽 바다를 항해하는 배의 선장을 닮고 싶어 하는 그의 노력은 눈물이 날 지경이었다. 그의 죽마고우 윈그랭처럼 그도 그을린 피부의 구릿빛과 대조적으로 시선은 늘 멍한 상태에 있었다. 윈그랭의 지나친 쾌활함, 아무하고나 벌였던 어리석은 내기들, 신중하고 수줍음 많은 그의 약혼녀 프랑수아즈가 걱정하던 위험한 스포츠를 향한 열정… 마지막으로 붉고 얽은 얼굴로 이 사람 저 사람 사이를 누비고, 하찮은 일들을 도말

아 하고, 「메모리 레인」을 부르던 더그.

나는 그들 한 사람 한 사람과 둘만의 시간을 보내기도 했다. 더그는 저녁 식사에 나를 초대했다. 이자라 베르트 한 병을 비우며 그는 내게 젊은 시절 이야기를 들려줬다. 그 시절 그는 날씬하고 해맑은 얼굴로 오마 브래들리가 지휘하는 노르망디 상륙작전에 참가했다.

어느 날 아침, 부르동은 불로뉴 숲 뱃놀이에 나를 데려갔고, 우리는 르프레 카틀랑에서 점심을 먹으며 그의 어머니를 기다렸다. 그녀의 눈은 에메랄드빛 초록색을 띠고 있었고 그녀의 코는 이자베가 초상화로 그린 조제핀의 코, 내가 감탄하며 바라봤던 그 코 다음으로 가장 매력적이고 프랑스적인 코였다. 그녀는 여러 남자와 연애했는데, 부르동은 자기 어머니가 사이클 챔피언이었던 샤를 펠리시에, 극작가 자크 델발, 비행사 데트루아야, 그리고 다른 많은 남자에게 매달렸던 과거를 기억하고 있었다. 부르동은 아이 같은 목소리로 그녀를 '엄마'라고 불렀고, 그녀는 아들을 '뱀비'라고 불렀는데, 그의 생활비를 대주는 사람이 바로 그녀라는 사실을, 나는 그때 알아차렸던 것 같다.

어느 날 저녁, 프랑수아즈는 내게 속내를 조금 털어놓았다. 그녀는 비아리츠에 있는 어느 학교 교장의 딸이었다. 열일곱 살이 되던 여름에 그녀는 바스크 해변에서 윈그랭을 만났다. 첫눈에 반했다고 했다. 윈그랭과 부르동은 부르동의 의부 집에서 여름휴가를 보냈고, 그녀는 부르동의 의부가 소유한 오래된 성으로 그들과 함께 살러 갔다. 밀월의 시간이었다.

그리고 튈르리 정원 테라스를 따라 마레즈, 델발과 함께 했던 산책… 산책 후에 나는 아르투아 거리에 있는 원목 가게에서 델발을 다시 만났다. 그들을 따로 만났을 때 나는 점점 더 여러 갈래로 뻗어나가는 줄을 짜는 거미가 된 느낌이 들었고, 그들 작은 무리는 내 주위로 더 바싹 다가온 것 같았다.

델발은 그의 친구 에스캉드가 참여했던 세베르타의
「황홀한 무도회」를 자주 연급했다.
환상적인 실내 장식과 소나무 아래서
C 후작은 화려하게 손님을 맞았다.

10년 넘게 프랑스를 떠나 있다가 돌아왔을 때 나는 그들 각자의 소식을 전해줄 수 있는 얼마 되지 않는 사람들을 통해 그들이 그 뒤에 어떻게 됐는지 알아봤다. 좋지 않은 소식들, 세월이 흘렀음을 절감하게 한 소식들이었다. 남들이 늙어가는 모습을 자주 지켜봤던 나는 이제 내 차례가 돼 청춘 시절이 끝났다는 사실에 익숙해져야 했다.

　　폴은 여러 차례 재정적 역경을 거치며 그로부아, 아시앙다, 폴 두메르 대로에 있던 저택을 모두 압류당했다. 내가 발견한 경매 공고에서 병풍식 거울 두 개, 중국풍 낮은 테이블 등 집기 목록을 발견하자 곧바로 마디의 화실이 떠올랐다.

　　아시앙다는 헐렸고 그 자리에 피라미드 형태의 건물이 들어섰다. 그로부아는 여름 캠프가 됐다. 마디 콩투르가 그렸던 우리 초상화는 거실 벽에 그대로 남았다. 이사업체 작업자들이 벽에서 초상화들을 떼어내지 않기로 한 것은 폴이 그것들을 마치 성상처럼 아예 벽감에 박아놓았기 때문이었다. 그렇게 아이들은

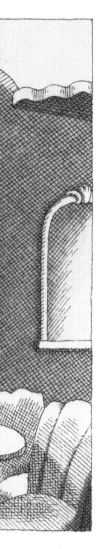

스칼렛의 주인은 절묘하게 실내장식을 통해
미국 남부를 떠올리게 했다.

영원히 고착된 우리 초상 앞에서 놀게 됐다. 그들은 우리와 친숙해지고, 아마도 우리에게 애정 어린 별명을 붙여줬을지도 모른다. 어쩌면 우리에게 잉크 얼룩을 튀기거나 눈덩이를 던졌을 것이다.

콩투르 부부는 파산한 뒤에 크리스티앙 윈그랭이 유산으로 물려받은 루아르-아틀란티크의 작은 성에서 지냈다. 활력을 되찾은 폴은 성에 숙박 손님을 받고, 인근 대지에 골프장도 건설하고, 밭에 딸기도 재배하자고 윈그랭을 설득했다. 폴의 활기와 활력은 프랑수아즈가 떠난 뒤 침울해진 윈그랭의 상태와 대조적이었다. 저물녘에 사람들은 성을 둘러싼 연못 한가운데 떠 있는 배에서 낙담한 채 고개를 숙이고 있는 윈그랭을 자주 목격했다. 그를 돌아오게 하려면 마디의 다정함과 설득이 필요했다.

그가 배에서 생각에 잠겨 있는 동안 그레즈의 골프 클럽과 나무딸기 재배에 남아 있던 돈을 써버렸지만 윈그랭은 폴을 원망하지 않았고, 그들 셋은 거기서 몇 킬로미터 떨어진 곳에 있는 브누아 해변의 아주 작은 빌라로 이사했다. '파리 국립할인은행장 아들'이 그때까지 소유하고 있던 유일한 재산이었다.

그사이에 '소그룹'도 변화를 겪었다. 더그는 심장마비의 희생자가 됐다. 롤랑-가로스 테니스 세계 챔피언전 경기를 관람하던 중에 일어난 사고였는데, 그는 프랑스를 떠나 말들이 단 한 번만 메모리 레인으로 지나가는 고향 켄터키로 돌아가는 것이 현명한 처사라고 판단했다. 어느 날 밤, 아무도 모르게 부르동도 떠났다. 어떤 면에서 그는 내가 그를 처음 만났을 때 이미 불확실했던 삶을 완성한 셈이었다. 친애하는 범비, 나는 당신이 '하와이식 결혼식'을 올릴 수 있었기를 진심으로 빌어요.

콩투르 부부는 라발에 있는 윈그랭의 집에서 '방콕족'-폴의 표현이다-의 삶을 살고 있었고, 폴은 빌라에 '마 부에'[10]라는 다른 이름을 붙여줬다. 그는 많이 늙었지만, 마디는 그렇지 않았다. 그녀는 몸매를 유지하려고 열심히 운동했고, 삼월부터 바다에서 수영했다. 피서객들은 영문도 모르는 채 지역 사람 사이에서 유명한 그녀에게 사인을 부탁하곤 했다.

폴 콩투르와 크리스티앙 윈그랭은 여름에 풀리귀앙에서 포르니셰까지 즐비하게 늘어선 어린이 여름학교 중 한 곳의 관리를 맡았다. 폴은 그 일을 좋아했을 것이다. 그는 말만큼이나 중요한 것이 해변이라고 고백하지 않았던가? 그랬다. 폴은 어떤 상황에서도 늘 유연하고 여유 있는 걸음으로 해변에서 돌아오는 것 같았고, 걸을 때마다 신발 구멍에서 아주 조금씩 모래가 흘러나오는 즈크화를 신은 것 같았다. 사람들이 떠올리는 긴 여름휴가 이미지 그대로였다. 폴 콩투르의 계획만큼이나 무너지기 쉬운 모래성을 진지하게 쌓는 아이들, 피부가 햇볕에 그을린 초록색

----

10) Ma Bouée: '나의 구명대' 혹은 '내 최후의 수단'이라는 뜻.

네오 씨는 바 C. B.에서 그가 '내 통치자'라고 부르는 아내에게서 규칙적인 간격으로 걸려 오는 전화를 받았다.

수영복 아가씨들과 그곳 카지노 사장-예순 살 치고는 건장한-이 망망대해를 마주하고 날마다 체조와 아령 운동을 하는, 햇빛이 빛나는 곳이 해변이다. 폴은 이 모든 것에 애정을 품었고. 나는 시즌이 곧 끝난다는 생각과 미끄럼틀, 시소나 평행봉을 해체해야 한다는 생각으로 그가 느꼈을 서글픔을 상상한다.

가을은 노르웨이 거위의 이동과 함께 왔고 그들은 소일거리를 찾아야 했다. 대서양의 바람이 부는 동안, 모래가 텅 빈 거리를 서서히 뒤덮는 동안 그들은 '마 부에'의 거실에서 카드놀이를 하거나 체스를 두거나 마디의 음반을 들었다.

우울증 발작을 두 차례나 겪으면서도 크리스티앙 윈그랭은 무모한 짓을 포기하지 않았다. 특히 그는 자기가 대충 수리한 낡은 조델[11]을 타고 한밤중에 게랑드 근처의 염전 한복판에 착륙하기도 했다. 최소한의 비행 지표조차 무시했으며 달 없는 밤을 택했다. 신의 가호가 함께했기를.

델발과 그가 총애한 젊은이는 4-5년 전만 해도 전화번호부에 리볼리 거리 같은 주소로 이름이 올라 있었다. 그러나 이제 둘 중 누구도 전화번호부에서 이름을 찾을 수 없고, 아르투아 거리 원목 가게는 기성복점이 됐다. 미셸 혹은 '클로디오', 혹시 이 글을 읽는다면 지금 어디 있건 내게 기별을 해주세요.

---

11) Jodel : 프랑스산 단발 엔진 경비행기.

더그는 카페를 돌아다니다가 위험한 임무를 끝내고
다음 임무를 시작하기 전 잠시 휴식하던 적십자사 소속 간호사
그레트와 자주 마주치곤 했다.

과거에 드 골 장군은 그에게 직접 레지옹 도뇌르 훈장을 수여했다.

그리고 나를 그들에게로 인도했던 조르주 벨륀. 그는 스스로 생을 마감했다. 나는 자주 그를 생각한다. 그와 연락이 끊어지던 무렵, 그는 내게 비밀 하나를 털어놓았다. 그는 빈에서 태어났고 그의 이름은 게오르그 블루엔이었다. 서른세 살에 오페레타를 작곡했다. '하와이 장미'라는 작품으로 키츠뷔헬에 사는 친구 브루노 크라메르가 대본을 썼다. 오페레타는 큰 성공을 거뒀지만, 아돌프 히틀러가 집권했을 때 「하와이 장미」의 매력적이고 이국적인 후렴구는 모든 이의 입에서 맴돌다가 베를린의 모든 거리로 퍼져나가는 아이러니를 연출했다. 내가 추측하기에 게오르그 블루엔이 그 시기에 파리에서 오스카 뒤프렌을 만났다면 그것은 이 뮤직홀 사장이 포부르-몽마르트르에 있는 자기 업소에서 「하와이 장미」를 상연하고 싶어서였을 것이다. 우리끼리 하는 이야기지만, 나치 정권의 탄생과 뒤프렌의 피살이 같은 해에 일어났다는 사실은 신기하지 않은가?

얼마 후, 게오르그 블루엔은 빈을 떠나 프랑스로 왔고, 조르주 벨륀이 됐다. 그는 자신의 경솔함을 자책했다. 그는 사람들이 전쟁 전날에 오페레타를 작곡하는 데 몰두하지는 않는다고 말했다. 나는 그의 말을 반박했다. 무의식적으로 그는 장미 꽃잎과 링 거리와 운터 덴 린덴 대로에 뿌리내린 나무들을 스치는 하와이안 기타곡이 불길한 운명을 쫓아버리기를 바랐으리라고 말했다. 그를 많이 웃게 했던 이미지도 생각났다. 나는 그가 다가오는

델방의 대화에 끊임없이 등장하던 베이비는 그의 조카도,
대자(代子)도 아니었다. 그는 베이비 베라르라는 예민한 화가였고,
취향 문제에 관해서는 최강의 감정가였다.

위험을 감지하고 자취를 감추려고 먹물을 뿜는 갑오징어 같다고 말했다. 가련한 블루엔과 크라메르의 「하와이 장미」.

우리 중에서는 프랑수아즈가 가장 크게 성공했다. 사람들은 몇 년 전부터 스크린에 등장한 그녀에게 찬사를 보냈다. 그녀는 이름을 바꿨고, 어느 날 밤 나는 샹젤리제 로터리를 지나면서 그녀가 주인공으로 나온 영화 포스터 앞에서 거대하게 확대된 그녀의 얼굴을 들여다보았다. 슬프고도 열렬한 눈길로 크리스티앙 윈그랭을 쫓던 젊은 아가씨를, 나는 쉽게 알아볼 수 있었다.

그녀와 나, 우리는 스무 살을 함께 맞았다. 우리가 다시 만난다면 그로부아에서 보냈던 시간과 아시앙다에서의 아름다웠던 날들을 떠올릴 유일한 사람들이 될 것이다.

하지만 그녀가 그것을 원할까? 때로 우리는 인생의 첫 시기를 지배했던 사람들의 소그룹을 잊으려 애쓴다.

파리, 1979년 6월 12일.

델방은 마디의 방에 마법적인 분위기를 자아내는 방법을 알고 있었지만
디미트리 부샌이 천장에 그려놓았던 구름은 천장을 새로 칠하는 바람에 지워졌다.

이 집의 아름다운 여주인 모습을 그토록 오랜 세월 비췄던 거울들은
깨져버렸을까?

기억과 그리움의 미학

　모디아노는 기억을 주제로 소설을 쓰는 작가이다. 소설가로서의 그의 임무가 마치 망각에 대항하는 일이라고 여기는 듯, 그는 글쓰기를 통해 희미해지고 사라지는 존재들을 끈기 있게 복원한다. 끝없는 탐색의 대상인 자기 정체성(『어두운 상점들의 거리』), 미래가 불투명한 청춘 시절의 불안과 불안정한 삶(『청춘 시절』, 『팔월의 일요일들』), 보호해줄 부모의 부재나 부모로부터 감정적으로 버림받았던 어린 시절의 트라우마와 방황, 진정한 삶을 찾아 나서며 만나는 존재들과의 관계 (『지평선』, 『잃어버린 젊음의 카페에서』, 『신원 미상 여자』), 역사적 사건의 희생자로 어느 날 갑자기 사라진 사람들의 흔적 추적(『도라 브루더』)이 대부분 모디아노 소설의 주제이다.

　23세에 발표한 『에투알 광장』을 시작으로 독자들을 특유의 감성적이고 우수 가득한 세계로 인도하는 모디아노 소설에서 기억은 주인공의 정체성 찾기와 관계가 있다. 그가 발표한 거의 모든 소설의 주제가 되는 정체성 탐색은 작가의 개인 경험과 역사

경험의 영향을 통해 이뤄진다. 모디아노에게 기억은 정체성을 구성하는 중요한 요소 중 하나이며, 글쓰기는 과거를 되살리고 정체성을 강화하는 작업이다.

파트릭 모디아노는 1945년 2차 세계 대전 당시 독일의 프랑스 점령이 끝난 뒤에 태어났다. 그는 독일 점령기를 직접 겪지는 않았지만, 그 시대와 독특한 관계를 맺고 있다(점령 3부작인 『에투알 광장』, 『야간 순찰』, 『외곽순환도로』는 점령기 파리 분위기가 잘 드러나는 작품이다). 그 시기에 대한 그의 관심은 자신의 출신에 대한 의문에서 비롯한다. 유대인이었던 아버지와 그의 가짜 신분, 여러 수상한 행적에 대한 의문에서 모디아노의 글쓰기는 시작되었을 것이다.

아버지의 부재와 어머니의 방치 상태에서 보낸 유년 시절도 그의 글쓰기에 영향을 주었다. 모디아노의 소설에 등장하는 아버지는 뿌리 뽑힌 유대인이거나 가짜 신분으로 살아가고, 은밀한 거래에 가담한 사기꾼이거나, 위기에 놓여 있거나, 아들을 버리거나, 사회적 도리를 저버린 자이다. 어머니도 마찬가지이다. 비정하고 냉혹하며 자식을 돌보지 않거나 보호자 역할을 거부하는 여성이다. 그래서인지 모디아노 소설의 주인공들은 청소년기를 막 벗어나 성인이 되어 "이정표도 없는 넓고 막막한 대지처럼 보이는"(『잃어버린 젊음의 카페에서』) 삶 속에 내던져진 듯이 외로운 존재이다. 그들에게 청춘 시절은 "모든 것의 언저리에서 미결인 상태로 불안정했던 시기"(『신원 미상의 여자』)이며, 절망과 고독 속에서 "도움말을 해주는 부드러운 목소리"(『신원 미상의 여자』)나 어깨에 손을 얹어줄 누군가를 찾아 헤매는 시간이다. 그런 청춘 시절을 회상하는 작품 중 하나가 바로 『메모리 레인』이다.

1981년 발표된 이 소설은 저자가 기억의 흔적을 더듬어 잃어버린 시간을 찾아가 기억과 그리움의 멜로디로 쓴 작품이다. 여기서 화자는 청춘 시절에 만났던 그룹과 그 멤버 사이에 일어났던 신비로운 '화학작용'의 이야기를 풀어놓는다. 모디아노 특유의 감성과 우수가 담긴 문체가 빛나는 이 작품은 작가가 추구했던 기억의 미학이 탁월하게 드러난 작품이다.

『메모리 레인』은 『청춘 시절』이나 『팔월의 일요일들』과 비교하면 불안정한 시기 화자의 고독이나 방황이 잘 드러나지는 않는다. 화자의 내면 풍경을 그리기보다 그가 청춘 시절에 접어들었을 때 만난 사람들, 그들과 함께 보낸 시간에 초점을 맞췄기 때문이다. 실제로 모디아노 소설에서 만남은 매우 중요하다. 예를 들어 이미 형성돼 있는 관계의 이야기가 아니라 주인공이 새로운 인물을 만나고 그와 맺어가는 관계의 이야기가 주를 이룬다. 그리고 그 만남은 대부분 방황하는 젊은 남자나 여자가 비슷한 상황에 있는 상대를 만나거나, 나이 젊은 화자가 자기보다 나이가 많은 사람을 만나는 이야기이다.

『메모리 레인』의 화자에게 비밀스럽고 수수께끼 같은, 그러나 매력적인 사람들과 함께 보냈던 시간은 미학적 경험의 시간이었을 뿐 아니라 작가가 경험하지 못했던 부성애와 인간적 따뜻함을 느꼈던 시간이었다. 이 작품에서는 비록 가족은 아니지만 서로 아픔과 상처를 어루만져줬던 '소그룹'과 함께 나누었던 '필리아(philia)'의 시간과 감정, 그리고 그런 시간으로 채워졌던 공간에 대한 그리움이 느껴진다.

화자는 옆 사무실에서 일하는 조르주 벨륀과 친분을 맺는다 (벨륀은 『청춘 시절』에서 여주인공 오딜의 음반 취업을 도와주려 했으나 알 수 없는 이유로 자살하는 인물로 등장하는데 그가 자살한 이유를 『메모리 레인』을 통해 짐작할 수 있다). 그리고 벨륀의 중개로 '소그룹' 멤버인 폴과 마디 콩투르 부부, 윈그랭과 부르동, 윈그랭의 약혼녀 프랑수아즈, 델발과 그가 후원하는 젊은이, 그리고 그에게 '메모리 레인'이라는 노래를 가르쳐준 미국인 더그를 만나게 된다. 그들 각자는 화자에게 서로 다른 역할을 하면서 다양한 감정을 경험하게 해준다. 화자는 그들의 운명을 닮은 그들의 공간에서 그들과 함께 지내면서 따스함과 부질없음을 동시에 느낀다. 그들에게서 우정을 느끼지만, 또한 모든 것이 순간적임을, 어떤 것도 지속하지 않음을 깨닫는 데서 오는 허무를 경험한다.

한때 변호사로 이름을 날렸지만, 말 거래 사업에 뛰어들었던 폴 콩투르에게서 화자는 아버지 같은 면모를 발견한다. 콩투르는 화자에게 '삶에 대한 불안을 극복하는' 방법, 이를테면 체스와 브리지 게임을 가르쳐주려 애썼고, 그를 테니스 클럽과 승마 연습장에 등록시킬 정도로 마음을 썼으며, 양복을 사 주고 30년 단골 이발사에게 데려가 함께 머리를 자른다. 그는 보통 아버지가 아들과 함께 하는 일을 화자와 함께 하고, 화자는 '부드럽고 낮은, 속삭임' 같은 그의 목소리를 들으면 마음이 편안해진다. 폴 콩투르는 끊임없이 무언가를 계획하고 실행하지만, 종국에는 파산에 이르는, 모디아노의 다른 소설에도 등장하는 전형적인 아버지의 이미지에서 벗어나지 않는다.

화자가 연정을 품었던 폴의 부인 마디 콩투르는 그에게 미적 경험을 하게 해준 인물이다. 숲속을 함께 산책하거나 '비 오는 날이면 어슴푸레한 빛에 조금씩 잠기는 거실에서' 함께 음악을 듣거나 춤을 추듯이 삶의 아름다움이 묻어나는 시간을, 화자는 그녀와 보낸다. 그 시간은 그녀의 아름다움을 응시하고 음미하는, 미적 경험으로 채워진다.

서로 분신 같은 존재인 윈그랭과 부르동은 보헤미안의 삶을 살아가는 이들이다. 극도의 흥분과 깊이를 알 수 없는 우울 사이를 오가는 그들의 최대 관심은 '삶을 즐기는' 데 있고, 여러 가지 '모험'으로 나날을 보낸다. 윈그랭은 극도의 흥분 상태로 우울증에 맞서고자 하고, 부르동은 어느 날 갑자기 사라지면서 자신의 '불확실한 삶'을 완성한다.

화자에게 소설의 제목임과 동시에 소설에서 우수에 찬 분위기를 만들어내며 안개 속으로 사라질 '소그룹'의 운명을 예고하는 연가, 「메모리 레인」을 가르쳐준 더그는 수수께끼 같은 인물로 보병 전차 부대 장교와 일류 모델이었던 과거를 뒤로하고 폴과 마디 콩투르 옆에서 그들을 보필하며 살아간다. 그리고 예전에 곡예사였던 가구상 델발은 나이 차가 큰 젊은이들에게 관심을 두고, 그들을 통해 시간을 초월해 자신의 젊은 시절로 돌아가려고 한다.

취향이 서로 다른 사람들과 함께 보내는 시간과 공간에서 화자는 평온과 안정을 느낀다. 화자가 폴과 마디의 아파트를 처음 방문했을 때 들었던 감정도 '안락함'이었고, 그들의 공간에서 크리스마스와 송년의 밤을 보내면서 경험한 감정도 '온정과 안정'이었다.

"그 밤들, 폴의 모직 옷과 벽난로의 장작불, 가지에 장밋빛과 옅은 파란빛을 띤 작은 촛불이 달린 소나무는 가족적인 온정과 안정을 느끼게 해줬다. 그러나 내가 금세 알아차렸듯이 그런 감정은 너무도 순간적이어서 허무한 기분이 들었다."

그러나 화자는 안다, 따뜻함 가득했던 그 시간이 찰나라는 것을. 모든 것이 시간의 흐름 속에서 희미해지고 사라진다는 것을.

존재했던 흔적은 누군가의 기억에만, 그들이 머물렀던 공간에만 어렴풋하게 남는다는 것을. 사람들이 떠난 어느 오후의 해변에서 화자가 깨달은 것처럼 우연히 만난 몇몇 존재와 함께 시간을 보내다 흩어지는 것이 인생이다. 잠시 서로 위로가 되기도 하지만 결국은 혼자 남아 지나간 시간을 그리워하며 살아가는 것이 인생이라는 것을, 모디아노는 『메모리 레인』을 통해 우리에게 가만가만히 들려준다. 기억은 그리움의 노래이다.

김현희

메모리 레인

1판 1쇄 발행일 2021년 2월 25일
지은이 | 파트릭 모디아노
그린이 | 피에르 르-탕
옮긴이 | 김현희
펴낸이 | 김문영
펴낸곳 | 이숲
등록 | 2008년 3월 28일 제301-2008-086호
주소 | 경기도 파주시 책향기로 320, 2-206
전화 | 02-2235-5580
팩스 | 02-6442-5581
홈페이지 | http://www.esoope.com
페이스북 | facebook.com/EsoopPublishing
Email | esoope@naver.com
ISBN | 979-11-91131-07-9 03860
ⓒ 이숲, 2021, printed in Korea.